KB059152

마더 Mother Christmas
크리스마스

마더 크리스마스

Mother Christmas

히가시노 게이고 글
스기타 히로미 그림
양윤옥 옮김

소미미디어
Somy Media

토미 엄마는 어떻게
산타 아주머니가 되었을까요?

크리스마스는 기독교인이 아니더라도 이미 세상 곳곳에서 즐거워하는 축제가 되었습니다. 더구나 다른 축제와는 달리 어린이들이 주인공인데다가 '선물'을 주고받는 독특한 나눔의 축제이기도 합니다. 그래서인지 크리스마스를 바탕으로 한 책은 셀 수도 없이 많습니다.

그러나 히가시노 게이고 작가는 참으로 독특한 마음으로 크리스마스 책을 썼지요. 우리말로 산타 아주머니라고 할 수 있는 '마더 크리스마스'는 색다른 크리스마스 책입니다.

성탄절을 앞둔 어느 날, 산타협회가 있는 핀란드의 작은 마을에 세계의 산타 대표들이 모여들지요. 그 사람들은 모두 크리스마스 카드 속 산타처럼 퉁퉁한 몸집과 긴 수염이 나 있는 남자 어른들입니다. 그들 속에는 편견을 깨고 산타가 된 아프리카 출신의 사람도 있습니다.

이 사람들은 새로운 산타 회장으로 미국 지부의 산타를 선출했습니다. 그래서 새로운 미국 지부 산타를 결정해야 합니다.

여러분이라면 어떤 사람을 산타 회장으로 뽑고 싶은가요? 당연히 둥글둥글한 몸집에 마음씨 좋게 생긴 아저씨나 할아버지를 생각하겠지요.

그런데 놀라운 일이 일어났습니다.

아무도 예상치 못한 사람이 미국 지부 산타가 된 것입니다. 그는 키가 큰 남자도, 수염이 멋지게 난 할아버지도, 퉁퉁한 몸집의 아저씨도, 목소리가 굵고 팔뚝도 굵은 어른이 아니었습니다. 그리고 자신이 스스로 산타가 되겠다고 지원한 사람도 아니었지요.

이 책의 제목처럼 한 평범한 아주머니가 산타로 뽑힌 것입니다. 이 아주머니는 아빠가 돌아가신 토미라는 아이의 엄마이지요. 도대체 무슨 일이 있는 걸까요?

'마더 크리스마스' 가벼운 크리스마스용 책이 아닙니다. 축제, 선물, 기쁨과 나눔, 그리고 어린이라는 크리스마스의 정신 속에 편견과 이해, 죽음과 희망, 아픔과 치유, 급변하는 세상 풍조와 굳건하게 지켜내야 할 인간의 미덕을 켜켜이 짜 넣은 울림 깊은 책입니다.

그러면서도 각 장마다 어른들 세계의 모순도 날카롭게 그러나 재미있게 담겨 있지요. 덕분에 우리는 이 한 권의 책으로 크리스마스의 진정한 기쁨과 풍성한 사랑을 흠뻑 맛볼 수 있을 것입니다.

— 작가 노경실

an original short story from

"The one-sided love"

MOTHER CHRISTMAS

핀란드의 어느 작은 마을.

눈 덮인 길을 한 뚱뚱한 남자가 땀을 뻘뻘 흘리며 뛰어갔다.

수염도 하얗고 눈썹도 하얗다. 게다가 입김까지 하얗다.

"어휴, 큰일이네. 자명종 시계가 고장 났었지 뭐야. 서두르지
않으면 회의에 지각하겠어."

문득 앞을 보니 오동통한 여자가 걸어가고 있었다.

손에 지도를 들고 있는 것 같았다.

발소리를 들었는지 여자가 뒤돌아섰다. 그를 보고 약간 놀란
표정을 짓더니 조심스럽게 말을 걸어왔다.

"저어, 잠깐만……."

"무슨 일이시죠? 내가 지금 좀 바쁜데."

"혹시 산타협회 분이 아니신가요?"

그는 발을 멈추고 여자의 동글
동글한 얼굴을 찬찬히 바라보았다.

"어떻게 우리 협회를 알고 있지요?"

"그러면 당신은 역시……."

"네, 이탈리아 지부 사람이에요." 그는 당당히 가슴을 내밀
며 말했다.

"그러시군요. 다행이네요, 제가 오늘 첫 출근인데 길을 잘 몰
라서 헤매던 참이에요."

"출근? 아하, 새로 오신 사무직원이군. 이거, 실례했습니다."

"아뇨, 사무직원이 아니고……."

"그럼 나와 함께 가면 되겠군요. 이제 곧 회의 시작할 시간이
에요. 당신도 첫 출근부터 지각하면 난처하겠지요? 자, 어서
어서 갑시다."

그는 다시 종종걸음을 쳤다.

오동통한 여자도 서둘러 뒤따라갔다.

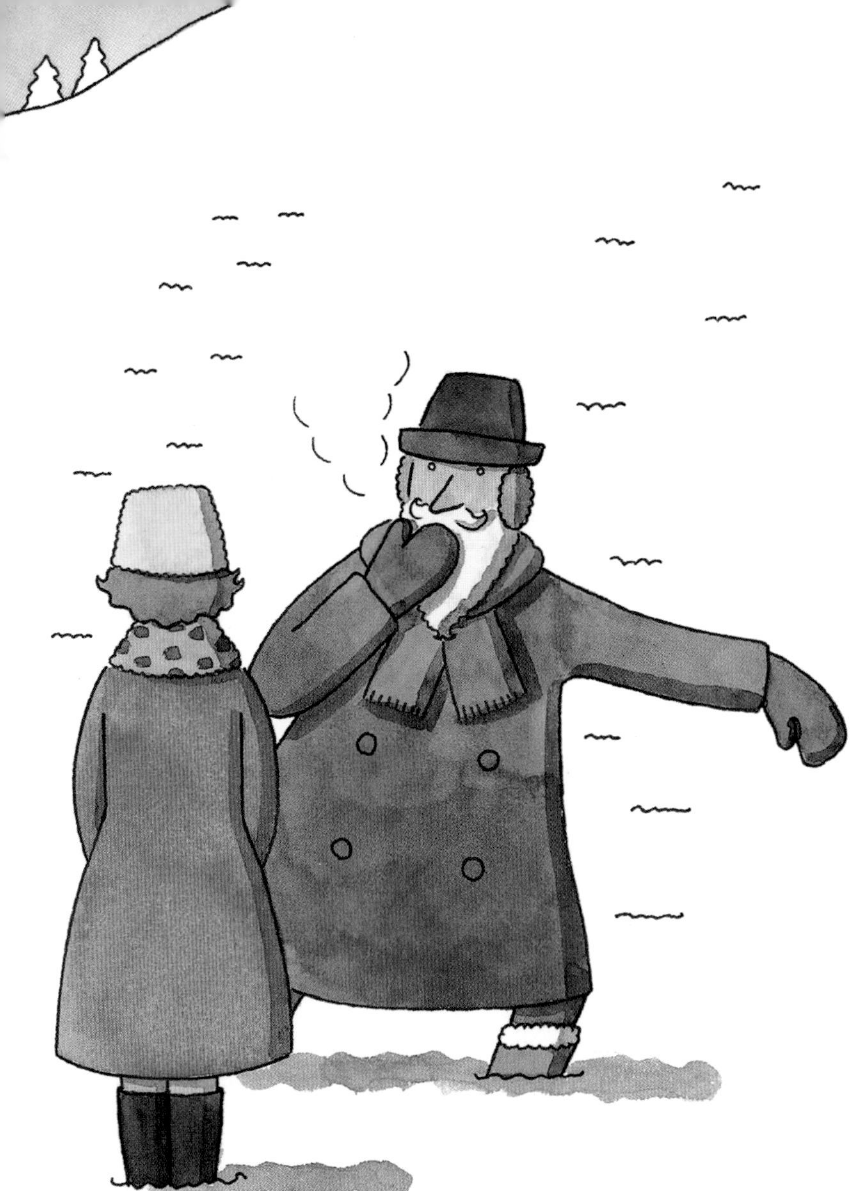

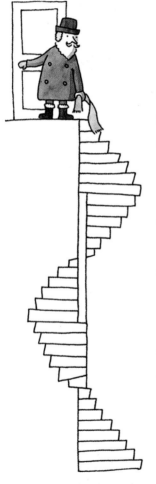

작은 언덕 위에 빨간 뾰족지붕 건물
이 서있었다. 눈을 쳐냈는지 주위에는
작고 하얀 눈 산 몇 개가 연달아 솟아
있었다.

두 사람은 급히 뛰어 들어갔다.

"휴우, 아슬아슬하게 시간을 맞췄
군. 다행이에요, 지각하지 않아서."

목에 두른 머플러를 풀며 돌아보았
을 때, 이미 여자의 모습은 없었다.

"어라, 어디로 갔지?"

에이, 모르겠다, 라고 중얼거리고
그는 바로 옆의 나선계단을 올라갔다.
그 위에 회의실이 있는 것이다.

　　문을 열고 들어서자 안에 있던 열 사람의 시선이 일제히 그에게로 쏟아졌다. 그들은 옷차림과 피부색은 제각각 다르지만, 하나같이 수염과 눈썹이 하얗다. 좁고 긴 테이블을 사이에 두고 양쪽으로 다섯 명씩 마주 앉아 있었다.

"또 아슬아슬한 시각에 오셨군요." 아프리카 지부의 산타가 말했다. 까만 피부에 하얀 수염이 멋진 대조를 이루었다.

"미안해요. 이탈리아가 워낙 멀어서 말이죠. 이럴 때는 순록 (馴鹿) 썰매를 탈 수 있으면 정말 좋을 텐데."

"그건 안 됩니다." 안경을 쓴 남자가 검지를 내둘렀다. 독일 지부의 산타였다. "평상시에 순록 썰매를 이용하는 건 엄격히 금지하고 있어요. 꼭 이용해야 할 때는 신청서를 제출하고 회원 모두의 승인을 받아야 합니다."

"그거야 알죠, 알아요." 이탈리아 산타는 손을 내저었다. "그래서 썰매 없이 이렇게 뛰어왔잖습니까."

당연한 일이라는 듯 독일 산타는 고개를 끄덕였다.

"휴우, 힘들어……. 그런데 아직 한 사람이 안 보이는군요. 아, 회장님이 아직 안 오셨네. 그럼 내가 꼴찌는 아니군요?"

"그렇다고 좋아할 때가 아니에요." 영국 지부의 산타가 말했다. "아시다시피 회장님은 오늘로 은퇴하십니다. 그래서 이번 크리스마스 전까지 새로운 산타를 정해야 해요. 오늘 그 후임자를 소개해주시기로 했습니다. 회장님이 아직 안 오신 것은 그 수속으로 시간이 좀 걸리기 때문일 거예요."

"새 동료가 생기는 건가요? 오, 기대되는데요."

"회장님은 미국 지부 담당이에요. 그 후임자라고 하면 상당

히 힘든 자리지요. 미국은 아이들이 많고 자극도 강한 나라여서 웬만한 선물에는 기뻐하지 않으니까요." 영국 산타는 하얀 수염을 쓰다듬었다.

"그런 점에서 일본은 일하기가 수월하겠어요." 프랑스 지부의 산타가 말했다. "점점 더 아이들이 줄고 있다는 얘기가 들리던데."

그때까지 구석 자리에 조용히 앉아 있던 일본 산타가 천천히 고개를 들었다.

"네, 산타 일은 좀 수월해졌지만 안타까운 마음도 큽니다. 더구나 요즘에는 산타를 믿고 기다려주는 아이들이 거의 없어요. 꿈이 사라진 것이지요."

일본 산타가 한숨을 내쉬었을 때, 문이 열리고 회장이 들어왔다. 하얀 피부에 큼직한 코, 그리고 이 자리의 어느 누구보다 뚱뚱한 몸집이었다.

"여러분, 한 분도 빠짐없이 참석하신 것 같군요." 그는 회의실을 둘러보고 자신의 자리에 앉았다. 작은 의자가 비좁아 보였다. 헛기침을 한 차례 했다. "자, 이제 크리스마스까지 20일이 남았군요. 지금부터 올해의 산타클로스 회의를 개최합니다. 우선 첫 번째 의제는 차기 회장 선출입니다. 이건 회장이 지명하기로 되어 있지요. 그래서 나는 부회장님에게 이 자리를 맡기려고 하는데, 이의 없습니까?"

이의를 주장하는 사람은 없었다. 그 대신 모두가 네덜란드 지부의 산타를 향해 박수를 쳤다. 그가 부회장이었기 때문이다.

회장인 미국 산타는 만족스러운 듯 실눈이 되어 미소를 지었다.

"그러면 두 번째 의제로 들어가지요. 내 후임자인 미국 지부의 산타 후보를 모셔왔어요. 지금 이 자리에서 소개하려고 하는데 괜찮겠습니까?"

모두가 고개를 끄덕였다. 그것을 보고 회장 산타는 자리에서 일어나 일단 회의실을 나갔다.

"회장님이 추천할 정도라면 당연히 훌륭한 분이겠지요?" 영국 산타가 말했다.

"어떤 분인지 궁금하군요. 새로운 동료를 맞이한다는 건 정말 가슴 설레는 일이에요." 이탈리아 산타가 눈을 반짝이며 칸초네를 부르기 시작했다. 신이 났을 때의 버릇이다. 주위의 산타들이 그 큰 노랫소리에 얼굴을 찡그리는 것도 알아차리지 못했다.

"확인 삼아 말씀드리지만, 어디까지나 산타 후보라는 것을 잊지 마세요. 회원 모두가 찬성하지 않으면 입회가 인정되지 않습니다." 독일 산타가 사무적인 어조로 말했다.

"하지만 그건 어디까지나 형식적인 절차예요. 지금까지 우리 모두의 찬성을 얻지 못한 경우는 없었으니까요." 영국 산타가 대꾸했다.

"하지만 내가 후보였을 때는 아주 힘들었어요." 아프리카 산타가 입을 열었다. "이 피부색 때문에."

"만일 당신이 차별받았다고 느꼈다면 그건 오해예요." 영국 산타가 천천히 말했다. "그때 문제가 된 것은 세상 사람들이 갖고 있는 이미지와 어긋나는 점을 어떻게 하느냐는 것이었지, 누구도 인종차별을 할 생각은 없었어요."

"내 피부색이 산타 이미지와 어긋난다는 그 말씀 자체가 이미 차별이에요. 애초에 산타는 우상에 지나지 않아요. 어떤 이미지를 갖고 있는지는 각 개인에 따라 다르겠지요." 아프리카 산타의 말투는 부드러웠지만 그 눈빛은 매우 진지했다.

"그건 그렇지만 아무래도 기본 노선이라는 게 있잖아요? 북유럽계의 하얀 피부에 윤곽이 뚜렷한 얼굴, 하얀 눈썹과 하얀 수염, 그리고 빨간 옷을 입는다는 이미지."

"그건 서양에서 마음대로 만들어낸 이미지겠지요. 만일 우리가 그 자리에 있었다면 산타의 피부색은 좀 더 검은색이 되었을 거예요."

"마음대로 만들어냈다고 하셨는데, 모델이 전혀 없는 것은 아니에요. 그 모델이 서양인이었으니 어쩔 수 없잖습니까?"

"오호." 아프리카 산타는 눈을 둥그렇게 뜨고 영국 산타를 보았다. "모델이 서양인이라는 말씀입니까?"

"아니라는 건가요?"

"아닐걸요."

"산타클로스의 모델은……." 네덜란드 산타가 점잖게 입을 열었다. "잘 아시겠지만 기독교의 성인 니콜라스입니다. 성 니콜라스는 리키아의 수도 미라의 주교였는데 그 리키아라는 곳이 현재는 터키에 속하지요. 터키는 서아시아예요."

아프리카 산타가 이겼다는 표정으로 영국 산타를 보았다.

"그, 그런가요? 서아시아였군요. 그러면 정정하도록 하지요. 내가 잘못 알았어요. 어쨌든 결과적으로 우리는 당신을 인정했으니까 차별은 없었던 게 아닌가요?"

"그 점은 고맙게 생각해요. 다만 나는 그리 쉽게 승인받지 못했다는 말을 하고 싶었을 뿐이에요."

"오늘은 되도록 쉽게 승인이 나면 좋겠군요." 프랑스 산타가 따분하다는 얼굴로 말했다. "일일이 토론을 하기로 들면 한이 없거든요. 이제 곧 크리스마스에 나눠줄 선물을 준비해야 할 판인데."

"올해는 어떤 선물이 유행입니까?" 일본 산타가 프랑스 산타에게 물었다.

"글쎄요, 우리 프랑스에서는 일본과는 달리 크리스마스를 축제라고 생각하지 않으니까 딱히 유행이랄 것도 없어요. 크리스마스에는 '뷔슈 드 노엘'을 차려놓고 온 가족이 둘러앉아 조용히 지내지요. 뷔슈 드 노엘을 아세요? 통나무 모양 케이크예요. 그밖에 아이에게 주는 선물이라면 주로 책이나 펜이겠지요. 아직 글을 모르는 어린아이에게는 인형 정도인가?"

"일본 아이들이 원하는 선물이라면 역시 게임이겠지요?" 이탈리아 산타가 슬쩍 비아냥거리듯이 말했다. "그것도 체스 종류가 아니라 컴퓨터로 하는 텔레비전 게임."

"최근에는 아이들뿐만 아니라 어른까지 게임에 빠져 아빠와 아들이 게임기를 두고 다투는 일이 드물지 않다고 하던데요. 일본 산타는 그 게임기만 나눠주면 될 테니 참 편하겠어요."

아픈 곳을 찔린 듯 일본 산타는 얼굴을 찌푸렸다.

JOYEUX NOËL!

그때였다. 문이 벌컥 열리고 회장인 미국 산타가 나타났다.

"자, 어서 들어오세요."

뒤따라 들어온 사람을 보고 이탈리아 산타는 너무 놀란 나머지 의자에서 굴러 떨어질 뻔했다. 아니, 놀란 것은 이탈리아 산타뿐만이 아니었다.

문 앞에 서 있는 사람은 이탈리아 산타와 함께 왔던 그 오동
통한 여자였다.

"회장님, 설마 저 여자 분이⋯⋯." 이탈리아 산타가 모두를 대표해 질문했다.

"네, 설명이 필요하겠지요?" 회장이 모두를 둘러보았다. "이번에 후보자를 선정하면서 나는 지금까지의 제약을 모조리 없애기로 했습니다. 그 계기가 된 것은 아프리카 산타의 입회 승인 회의 때였어요. 그를 지켜보면서 생각했습니다. 내 후임자가 될 미국 산타에는 흑인도 대상에 넣어야겠다고요. 아니, 그것뿐만이 아니지요. 인간적인 자질 외에는 어떤 조건도 달지 않기로 했습니다. 그 결과, 여기 이 여자 분이 미국 산타에 가장 적합한 인물이라고 판단했어요. 아, 이름이⋯⋯?" 곁에 선 여자에게 물었다.

"제시카입니다."

"제시카, 좋은 이름이군요. 하지만 오늘부터 당신은 또 하나의 이름을 갖게 될 거예요. 미국 산타라는 이름이지요." 회장은 하얀 수염을 쓰다듬었다. "물론 이 자리에 계신 회원 분들이 찬성해주셔야 합니다만."

"여러분, 잘 부탁드립니다." 제시카가 빙긋이 웃었다. 이탈리아 산타를 비롯해 몇 명의 산타가 저도 모르게 마주 웃어버렸다.

"회장님, 아무리 그래도 여성 산타클로스는 좀……." 독일 산타가 난처하다는 듯 하얀 눈썹의 양끝을 늘어뜨렸다.

nominees for Santa Claus

"아, 독일 산타께서는 규칙을 가장 잘 아시지요? 나는 규칙에 어긋나지 않는 것으로 알고 있습니다만."

"그건 그렇지요. 여성이 후보가 되는 것은 아예 상정하지 않았으니까요."

"그렇다면 상관없지 않을까요?"

"그녀에게는 수염이 없잖습니까." 프랑스 산타가 말했다. "그건 어떻게 하지요?"

"수염이 없으면 안 되나요?" 회장이 독일 산타에게 물었다.

"일단 표준 스타일은 정해져 있어요. 하얀 수염, 하얀 눈썹, 빨간 외투, 빨간 바지."

"그건 반드시 지켜야 하는 것입니까?"

"반드시 지켜야 하는 건 아니지만, 지금까지 예외가 인정된 적은 없습니다."

"아니, 꼭 그렇지도 않아요." 자리에서 벌떡 일어선 것은 오스트레일리아에서 온 오세아니아 산타였다.

"여러분도 알고 계시지요? 오스트레일리아는 한여름이 크리스마스예요. 산타클로스 표준 스타일대로 입으면 너무 더워요. 그래서 옷차림을 바꾸게 해달라고 탄원서를 내서 허락을 받았지요. 요즘은 알로하셔츠에 서프보드를 타고 다니면서 선물을 나눠줍니다."

오세아니아 산타는 그 자리에서 파도타기 포즈를 취했다.

"하지만 그 알로하셔츠는 빨간색이잖아요? 여기에 정식 서약서도 있어요. 오세아니아 산타에 한해 알로하셔츠도 가능함. 단 색깔은 빨간색. 그러니까 규칙을 무시한 게 아니라 유연하게 대처했다는 뜻이에요."

"아니, 우리 지역은 빨간 옷을 입지 않아도 괜찮습니다." 그렇게 말한 것은 아프리카 산타였다.

"처음에는 무더위 때문에 외투와 바지는 제외해주고 색깔만 빨간색으로 하라는 지시가 내려왔어요. 그래서 빨간 케이프를 두르고 아이들 집을 찾아다녔는데, 빨갛게 펄럭거리는 케이프에 사자가

자극을 받아 번번이 저를 습격하
더군요. 하마터면 잡아먹힐 뻔했
어요. 그런 어려움을 호소했더니
결국 초록색 옷도 괜찮다고 허락
해줬습니다."

"왜 초록색으로 했지요?"

이탈리아 산타가 옆에서 질문
했다.

"초록색은 나무와 풀에 어우러
져 눈에 띄지 않기 때문이에요."

"흐음, 산타인데 눈에 띄지 않아야 하다니."

"여러분의 말씀은 이해합니다. 하지만 그건 각 나라의 사정에 따른 예외일 뿐이고……." 독일 산타가 중얼중얼 말했다.

"아니, 생각하기에 따라서는 이건 각국의 사정보다 더 큰 문제가 아닐까요?" 회장이 말했다. "왜냐하면 인류의 절반은 여성이니까요. 여성에게는 수염이 없어요. 그렇다면 여성 산타의 경우에는 수염이 없어도 괜찮다―. 그렇게 규칙을 바꾸면 되지 않겠습니까?"

"저 여자 분은 아직 젊고 눈썹도 하얗지 않은데요?" 프랑스 산타가 말했다.

"크리스마스 때는 제가 눈썹을 하얗게 칠하면 됩니다." 제시카가 변함없이 상냥하게 말했다. "그게 하얀 눈과도 잘 어울리니까요."

"눈썹을 하얗게 만드는 방법은 제가 가르쳐드리지요." 이탈리아 산타가 제시카 옆으로 다가가 자신의 가슴을 두드리며 말했다. "저도 처음 산타협회 회원이 됐을 때는 눈썹과 수염이 별로 하얗지 않아서 좀 난감했거든요. 하지만 염색이나 탈색은 피하는 게 좋아요. 가장 효과적인 것은 역시 밀가루예요. 그걸 머리에서부터 뒤집어쓰면 되니까요."

"이탈리아 산타 씨!" 독일 산타가 나무랐다. "제시카 씨는 아직 승인을 받은 게 아닙니다."

"아 참, 그렇지." 이탈리아 산타가 머리를 긁적였다.

"자아, 여러분께 묻고 싶습니다." 회장이 말했다.

"왜 산타는 꼭 남성이어야 한다고 미리 정해놓고 생각할까요?"

41

그 순간 모두가 침묵에 잠겼지만 항상 그렇듯이 박식한 네덜란드 산타가 자리에서 일어섰다.

"그건 성 니콜라스가 남성이었기 때문입니다."

"네, 그건 알아요. 하지만 성 니콜라스가 곧 산타클로스는 아니잖아요? 처음 발단은 그였는지도 모르지만, 성 니콜라스 전설이 여러 나라로 퍼져가는 동안 그 이미지는 점점 바뀌었습니다. 그래서 성 니콜라스와 산타클로스를 따로 떼어서 생각하는 나라도 많아요. 이를테면 네덜란드에서는 12월 5일에 '신터클라스Sinterklaas'라는 이름의 노인이 스페인에서 배를 타고 건너와 아이들에게 선물을 나눠주는 행사가 있습니다. 그 신터클라스야말로 성 니콜라스의 전설을 그대로 이어받은 존재예요. 즉 산타클로스는 이제 성 니콜라스와 따로 떼어서 생각해도 좋지 않겠습니까?"

박식하기로는 네덜란드 산타에게 뒤지지 않는 회장의 말에 다시 모두가 입을 다물었다.

"잠깐 한 말씀 드려도 될까요?" 한 산타가 손을 들었다.

일본 산타였다. "저는 산타클로스가 부성(父性)의 상징이라고 생각합니다."

모두 그를 바라보았다. 쏟아지는 시선 속에서 그는 말을 이어갔다.

"아시다시피 우리나라에서는 아버지의 지위가 점점 땅에 떨어지고 있어요. 아버지는 단지 돈을 벌어오는 존재일 뿐이고, 평소에는 아이들에게 거치적거리는 짐짝 취급을 당하고 있죠. 거기에는 물론 다양한 원인이 있겠지만, 분명한 건 부성이 경시된다는 점이에요. 아버지는 이제 없어도 무방한 존재로 여겨지고 있어요. 꼭 아버지가 아니더라도 누가 됐든 돈만 벌어다 주면 된다는 것이지요. 아버지가 날마다 지하철에 시달리고 상사에게 꾸지람을 들어가면서도 왜 땀 흘려 일하는지 아이들은 이해해주려 하지 않아요. 꼭 산타가 아니더라도 누가 됐든 선물만 갖다 주면 된다는 생각과 똑같아요. 그런 상황에서 여성 산타까지 나타난다면…….." 그는 고개를 휘휘 저었다. "아이들은 앞으로 아버지에게 고마운 마음은 갖지 않겠지요. 그러니 산타클로스는 부성의 마지막 성채(城砦)인 거예요."

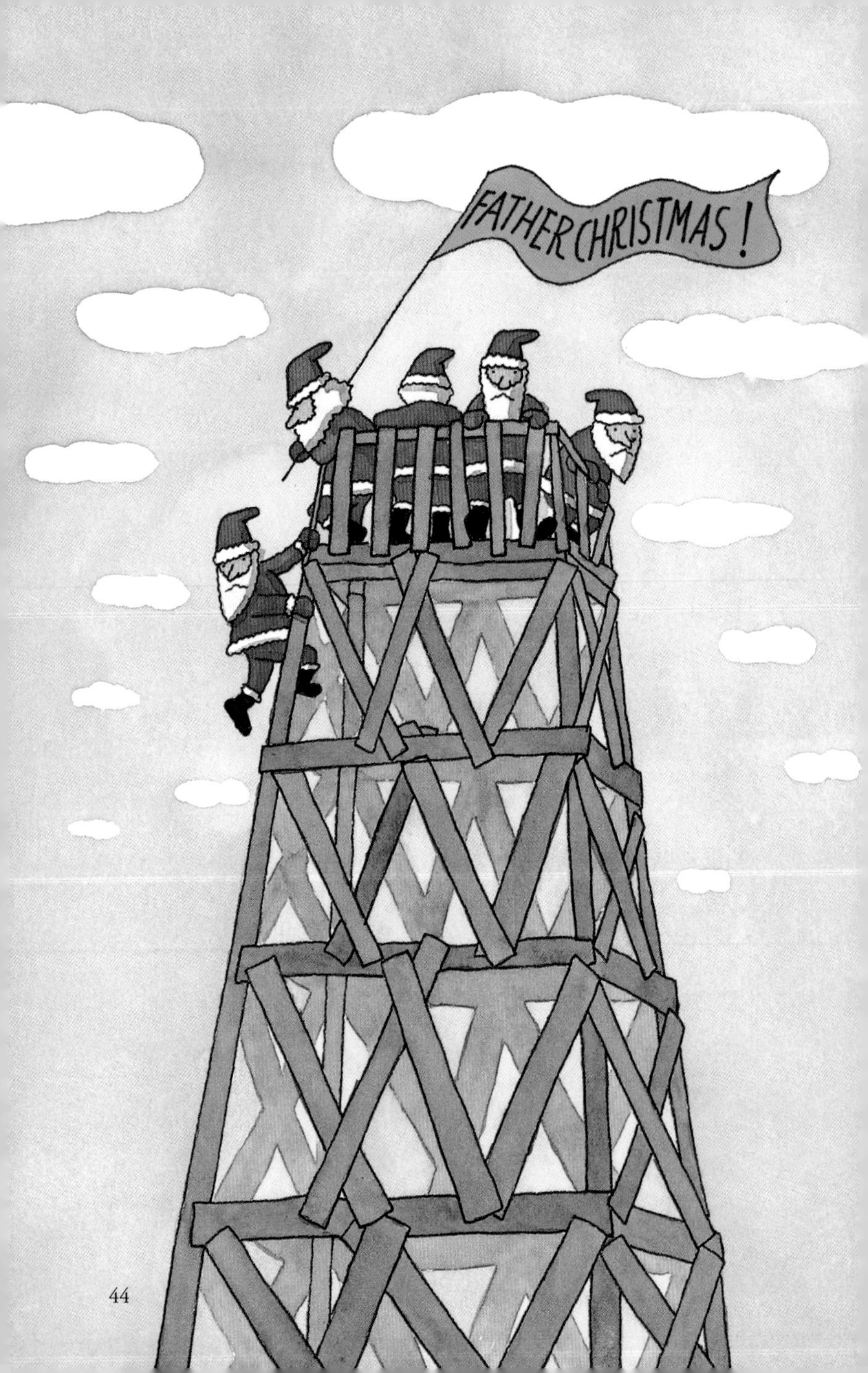
FATHER CHRISTMAS !

평소에는 말수가 적은 일본 산타의 열변에 모두들 조용히 귀를 기울였다. 그의 말이 끝난 뒤에도 한동안 침묵이 이어졌다.

"나도 동감입니다." 영국 산타가 불쑥 말했다. "일본뿐만 아니라 전 세계적으로 아버지의 존재 의미가 점점 희박해지고 있어요. 역시 가볍게 여성 산타를 인정해줄 수는 없을 것 같군요."

몇몇 산타가 고개를 끄덕였다. 그러자 지금까지 조용히 지켜보던 캐나다 산타가 자리에서 일어섰다.

"산타가 반드시 부성의 상징이라고 할 수는 없겠지요. 중요한 것은 아이들을 사랑하는 마음입니다. 사랑에는 부성이고 모성(母性)이고 없습니다. 그런 편 가르기는 무의미해요."

이 또한 몇몇 산타가 그렇지, 그렇지, 라고 동의했다.

"아니, 부성에 주목하는 게 무의미하다고는 생각되지 않는군요." 평소에 입이 무거운 벨기에 산타가 발언에 나섰다. "아이에게는 아버지와 어머니가 있지요. 좋은 부모란 각자 자신의 역할을 정확히 이해하고 서로의 모자란 부분을 채워가며 아이를 키우는 부모를 말하는 게 아닐까요? 그러니 부성이나 모성을 강조하는 것은 꼭 필요한 일이에요."

"그렇다고 산타가 부성의 상징이라는 건 지나친 비약이죠." 핀란드 산타가 반론에 나섰다.

"성 니콜라스는 명백히 아버지 역할을 해왔어요. 비약이 아닙니다." 또 다른 산타가 말했다.

저마다 한마디씩 자기 의견을 주장하기 시작했다.

"부성의 가치를 높이려면 아버지 쪽에서 노력을 해야죠. 산타에게 그 역할을 떠맡기다니, 그건 책임 회피입니다."

"아니, 이 세상의 아버지들은 열심히 노력하고 있습니다."

"노력이 부족한 거예요. 애초에 요즘 부모들은 지나치게 미숙합니다. 아이가 아이를 키우는 듯한 꼴이 아닙니까? 그런 집의 아이가 어른이 되어 다시 바보 같은 아이들을 키워내는 거예요."

"산타가 아이들을 바보라고 해도 되는 겁니까?"

"바보를 바보라고 하는데 뭐가 잘못입니까?"

"문제가 되는 건 부성뿐만이 아니에요. 모성도 상당히 위태로운 상황이죠. 아이를 학대하는 어머니가 늘고 있다잖아요?"

"요즘 부모들은 돈만 넉넉히 대주면 아이를 다 키웠다고 생각해요. 그래서야 아이도 애정을 기대하지 않겠지요. 지난번에 어느 유치원 아이들의 편지가 도착했는데 절반이 넘게 선물 대신 돈을 달라고 적혀 있더군요. 대체 세상이 어떻게 되려고 이러는지, 원."

"나도 돈이 좋은데요?"

여기저기서 말다툼이 벌어졌다. 침을 튀기며 이야기하는 사람, 책상을 치며 열변을 토하는 사람, 불끈해서 당장 드잡이라도 할 것 같은 사람……

"조용, 조용!" 회장이 외쳤지만 아무도 듣지 않았다. 도무지 수습할 수 없게 되었다.

그때였다.

어디선가 노랫소리가 들려왔다.

〈아베 마리아〉였다.

서로를 향해 목소리를 높이던 남자들의 귀에도 그 성스러운 노랫소리가 들린 모양이다.

차츰 정적이 되돌아왔다.

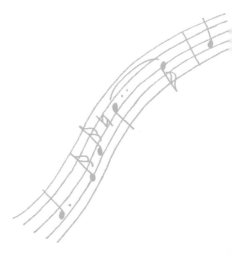

49

멋진 소프라노로 노래한 사람은 제시카였다. 노래가 끝나자 그녀는 빙긋이 웃으며 모두를 둘러보았다. 얼굴이 살짝 붉어져 있었다.

"사이좋게 이야기하기로 해요. 여러분은 산타니까요. 화난 얼굴은 어울리지 않아요."

열두 명의 산타는 서로를 마주보며 겸연쩍은 표정을 지었다. 멋쩍은 웃음을 짓는 사람도 있었다.

"아 참, 제가 쿠키를 구워왔어요. 그거라도 드실래요? 잠깐 쉬면서 차나 한잔하죠." 그렇게 말하고 그녀는 회의실을 나갔다.

"그거라면 제가 도와드리지요. 차 준비는 젊은 사람이 하기로 했으니까." 이탈리아 산타가 제시카를 따라 나갔다.

각자에게 쿠키와 홍차가 차려졌다. 쿠키는 부드럽고 살짝 레

몬 맛이 났다. 한입 베어 물자 지금까지 부루퉁하던 산타들의 표정이 온화해졌다.

"질문을 좀 해도 될까요?"

네덜란드 산타가 제시카에게 말했다.

"토론이라면 티타임이 끝난 뒤에 하시지요." 영국 산타가 얼굴을 찌푸렸다.

"아니, 토론을 하려는 게 아니에요. 그저 잠깐 묻고 싶은 게 있어서……."

"좋아요. 어떤 질문인가요?" 제시카가 물었다.

"당신은 왜 산타에 지원했지요? 어려서부터 산타클로스를 동경했나요?"

그러자 그녀는 미소를 지으며 고개를 저었다.

"산타에 지원한 것은 토미예요. 제 아들이랍니다. 저는 전혀 알지 못했어요."

"아드님이 자기 마음대로 지원을 했다고요?"

"규칙에 의하면, 타인이 추천해도 무방합니다." 독일 산타가 틈을 놓치지 않고 말했다.

"그러면 아드님은 왜 아빠가 아니라 엄마를 산타로 추천했을까요?" 네덜란드 산타가 제시카에게 물었다.

그녀는 말했다. "토미 아빠는 아들이 두 살 때 사고로 세상을 떠났어요."

회의실 안이 조용해졌다.

제시카는 분위기가 무거워지는 것이 싫다는 듯 환한 웃음을 보였다.

"산타에 지원했다는 말을 들었을 때는 저도 깜짝 놀랐어요. 그래서 토미에게 말했죠. 산타는 남자만 할 수 있어, 어느 집에서나 산타 역할은 아빠가 하잖아, 라고요. 그랬더니 토미가 내게 말하더군요. 엄마는 아빠 몫까지 나를 사랑해주잖아요, 내게 그러겠다고 약속했잖아요, 라고요. 웬일로 화난 얼굴을 하고서. 저는 아무 대답도 못했답니다."

그녀는 일본 산타를 돌아보며 말을 이어갔다.

"저도 부성은 아주 중요하다고 생각해요. 경시되어서는 안 되지요. 또한 산타는 부성의 상징이라고 생각해요. 하지만 부성을 부여받은 것은 반드시 남성만은 아니겠지요. 또한 모성을 부여받은 것도 반드시 여성에 한정된 일은 아닐 거예요. 그런 마음으로 저는 산타에 지원했습니다."

일본 산타는 조용히 고개를 끄덕였다. 그 밖에도 여러 명의 산타가 고개를 끄덕였다.

"겉모습 따위는 그리 중요한 문제가 아니라는 뜻이지요." 아프리카 산타가 중얼거렸다.

크리스마스이브의 밤이 찾아왔다.

제시카는 무척 바빴다.

토미를 재운 뒤, 그녀는 옷장을 열었다. 거기에 새 산타 옷이 있었다. 그녀만을 위한 맞춤복으로, 아래는 빨간 스커트다. 외투도 그녀가 최대한 날씬하게 보이도록 연구해서 만들었다. 모자는 다른 산타와 똑같다. 이 옷을 디자인해준 사람은 이탈리아 산타였다.

화장을 하는데 창문 두드리는 소리가 들렸다. 아무래도 마중을 온 모양이다. 제시카는 서둘러 산타 옷을 입고 거울을 보며 매무새를 확인한 다음에 창문을 열었다.

세 마리의 순록이 끄는 썰매가 하늘에 떠 있었다. 썰매에는 큼직한 선물 보따리가 실렸다.

"메리 크리스마스, 미국 산타님. 예정보다 7분 늦었어요." 맨앞에 선 순록이 말했다. 그는 목에 큼직한 시계를 달고 있었다.

"미안해요. 잠깐만 더 기다려줄래요? 립스틱을 아직 못 발랐어요."

"안 됩니다. 어서 썰매에 타십시오."

"아이, 빡빡하시네."

제시카는 창틀을 넘어 폴짝 썰매에 올라탔다.

"미국 산타님, 어떤 코스로 갈까요?" 순록이 물었다. "작년까지는 하와이부터 갔습니다만."

"올해는 알래스카부터 가기로 하죠. 가장 추운 곳의 아이들을 오래 기다리게 하고 싶지 않아요."

"알겠습니다. 오른쪽 순록, 왼쪽 순록, 준비됐나?"

"준비 오케이!" 양 옆의 순록이 동시에 대답했다.

"그럼 출발합니다. 꽉 잡으세요, 미국 산타님."

호령 소리와 함께 세 마리의 순록이 달리기 시작했다. 썰매가 너무 힘차게 출발하는 바람에 제시카는 하마터면 뒤로 넘어질 뻔했다.

"와아, 엄청나게 빠르네!"

"최고 속도로 달려야 합니다. 아무튼 오늘 밤 안으로 미국 전역을 다 돌아야 하니까요. 1분이면 알래스카에 도착합니다."

"1분? 큰일이네, 서둘러야겠어."

제시카는 호주머니에 몰래 넣어둔 콤팩트와 립스틱을 꺼내 급히 화장을 마무리했다.

"이봐, 친구, 산타가 화장을 하고 있어." 왼편 순록이 오른편 순록에게 말했다.

"이게 무슨 일이람. 지난번 산타는 너무 뚱뚱해서 힘들었는데 이번에는 몸단장에 신경을 쓰는 숙녀분이라니."

"너희들, 쓸데없는 잡담을 하면 안 돼. 아이들이 기다리고 있어."

오늘밤은 하늘이 맑다. 순록 썰매는 허공을 가르며 달려갔다. 휘잉휘잉 소리가 날 것처럼 별들이 힘차게 뒤로 흘러갔다. 아래를 내려다보니 도시와 들판, 산과 강과 호수가 신문 운전기처럼 빠른 속도로 지나갔다.

선물을 모두 나눠주고 순록 썰매는 제시카의 아파트로 돌아왔다.

"자, 그럼 내년에 다시 만나요." 창문을 넘어 방에 들어간 제시카는 순록들에게 말했다.

"수고하셨습니다. 내년에 뵐게요."

순록 썰매가 떠나는 것을 지켜보고 제시카는 안으로 들어와 산타 옷을 벗었다. 다시 이 옷을 입는 것은 일 년 뒤다.

평상복으로 갈아입고 제시카는 침실로 갔다. 토미는 기분 좋게 자고 있었다.

그녀는 아들을 가만가만 흔들어 깨웠다. 토미는 여전히 졸린 듯 얼굴을 비볐다.

"엄마, 무슨 일이에요?"

"토미, 옷 갈아입자. 잠깐 외출할 거야."

"외출이라고요? 지금?"

"그렇단다."

제시카는 잠이 덜 깬 토미에게 옷
을 입히고 털모자까지 씌웠다.
"어디에 가요?"
"좋은 곳이지."
두 사람은 집을 나와 아파트 계단
을 올라갔다. 도착한 곳은 옥상이
었다.
옥상에는 전깃불이 없지만 주변
건물에서 불빛이 비쳐 환했다. 게
다가 오늘밤에는 둥근 달이 떴다.
난간 쪽에 두 사람이 있었다. 어
른과 아이다. 제시카와 토미는 그
들에게로 다가갔다. 점차 서로의
얼굴이 또렷하게 보였다.

그들은 3층에 사는 존과 그의 딸 에밀리였다.

"미안해. 일 때문에 좀 늦었어." 제시카가 말했다.

"괜찮아. 오늘밤은 그리 춥지 않아서 에밀리하고 별을 보고 있었어."

"제시카 아줌마, 내가 조금 전에 봤어요. 순록 썰매가 하늘을 날아갔어요." 에밀리가 밤하늘을 가리키며 말했다.

"그건 유성이야." 존이 말했다.

"아니야, 순록이었어!"

"그래, 순록이지. 나는 에밀리의 말을 믿는단다. 산타가 아이들에게 선물을 나눠주셨을 거야." 제시카는 에밀리의 머리를 쓰다듬고 존을 향해 미소 지었다. 그는 쓴웃음을 지으며 고개를 끄덕였다.

토미와 에밀리는 나란히 서서 별을 헤아리기 시작했다. 그 모습을 보며 존이 조용히 말했다.

"제시카, 이제 당신의 대답을 듣고 싶은데."

제시카는 존을 바라보았다. 그는 둥근 안경 너머에서 진지한 눈빛을 하고 있었다.

그녀는 미소를 지었다. 그리고 고개를 끄덕였다.

"내 대답은…… 예스!"

긴장했던 존의 얼굴이 한순간에 환하게 풀렸다. 두 손으로 머리를 잡고 눈을 꾹 감았다.

"고마워. 오늘밤은 최고의 크리스마스야."

"나도 그래." 제시카가 말했다. "토미에게도 최고의 선물이 될 거야."

존이 그녀를 껴안았다. 하지만 그녀의 얼굴을 보더니 고개를 갸우뚱하며 손끝으로 미간을 가리켰다.

"왜?"

"밀가루……." 존이 말했다. "왜 당신 눈썹에 밀가루가 묻어 있지?"

"아차." 제시카가 킥킥 웃었다. "아마 케이크를 구웠기 때문일 거야."

새해를 맞이하고 며칠 뒤에 산타협회의 임시회의가 열렸다.

이번 의제는 산타의 결혼을 승인하느냐 마느냐, 라는 것이었다.

이탈리아 산타가 잠시 투덜투덜 어깃장을 놓았지만 결국 만장일치로 새로운 산타클로스의 결혼을 승인하기로 했다.

Holland

U.K.

Belgium

Finland

Jessica

Germany

Japan

메리 크리스마스!

Oceania

Africa

Canada

France

올 크리스마스 선물은
산타회담

이제 곧 크리스마스. 해마다 이맘때면 핀란드 산타협회의 빨간 뾰족지붕 건물에 각국의 산타클로스가 모입니다. 크리스마스를 앞두고 이것저것 상의할 일이 많으니까요. 지각할까봐 헐레벌떡 뛰어가는 뚱뚱한 백인 남자는 이탈리아 산타입니다. 그런데 그에게 길을 묻는 오동통한 여자가 있었습니다. 그녀는 과연 누구일까요?

12개국의 산타회담, 올해 주제는 은퇴하는 미국지부 산타의 후임자를 뽑는 것입니다. 미국산타는 회장도 겸하고 있습니다. 하지만 그가 추천한 새 산타는 뜻밖의 인물이었습니다. 찬반 논쟁이 벌어집니다. 산타클로스는 반드시 푸근한 몸집의 백인 남자여야 하는가. 흰수염에 빨간 외투 차림이어야 하는가. 여성 산타는 왜 안 되는가. 애초에 산타클로스의 상징인 부성(父性)이란 무엇인가. 12개국 산타는 완벽한 사람들은 아닙니다. 귀여운 매력이 있지만 나름대로 고집도 센 산타 할아버지들이 펼치는 치열하고 엉뚱하고 느긋한 회담. 그들이 바라는 것은 모든 어린이와 어른들의 행복한 크리스마스입니다.

저마다 중구난방 티격태격하는데도 이 논쟁을 지켜보면 마음이 따뜻해집니다. 그리고 마지막 앗 하는 반전에 마음은 더욱더 훈훈해집니다. 올 크리스마스 선물은 이걸로 충분할지도 모르겠네요. 미스터리 작가 히가시노 게이고의 단 한 권뿐인 동화책입니다.

– 양윤옥

The End

마더 Mother Christmas
크리스마스

2018년 12월 1일 1판 1쇄 발행
2025년 1월 3일 1판 7쇄 발행

저　　　자　히가시노 게이고
그　　　림　스기타 히로미
옮　긴　이　양윤옥
발　행　인　유재옥

이　　　사　조병권
출판본부장　박광운
편　집　1　팀　박광운
편　집　2　팀　정영길 조찬희 박치우
편　집　3　팀　오준영 이소의 권진영 정지원
디자인랩팀　김보라 이민서
콘텐츠기획팀　박상섭 강선화
디지털사업팀　김경태 김지연 윤희진
라이츠사업팀　김정미 이윤서
영업마케팅팀　최원석 윤아림 이다은
물　류　팀　허석용 백철기
경영지원팀　최정연
발　행　처　(주)소미미디어
인쇄제작처　코리아피앤피
등　　　록　제2015-000008호
주　　　소　서울시 마포구 토정로 222, 502호(신수동, 한국출판콘텐츠센터)
판　　　매　(주)소미미디어
전　　　화　편집부 (070)3338-8080 기획실 (02)567-3388
　　　　　　판매 및 마케팅 (070)8822-2301, Fax (02)322-7665

ISBN 979-11-6389-072-0　03830